FABLES

PAR

J. M. F. AUGUSTE DUVIVIER,

MEMBRE DE LA SOCIÉTÉ PHILOTECHNIQUE,

ET DE L'ACADÉMIE ROYALE DU GARD.

> Récolte d'un pauvre glaneur,
> Ces épis ne sont pas superbes :
> Ce sont des brins, et non des gerbes,
> Qu'on trouve après le moissonneur.
>
> A. V. ARNAULT.

PRIX : 2 FR. 50 CENT.

PARIS.

CHALLAMEL,
4, RUE DE L'ABBAYE,
FAUB. S.-GERMAIN.

LEDOYEN,
31, GALERIE D'ORLÈANS,
PALAIS-ROYAL.

1843.

FABLES

PAR

AUGUSTE DUVIVIER.

FABLES

PAR

J. M. F. AUGUSTE DUVIVIER,

MEMBRE DE LA SOCIÉTÉ PHILOTECHNIQUE,

ET DE L'ACADÉMIE ROYALE DU GARD.

> Récolte d'un pauvre glaneur,
> Ces épis ne sont pas superbes :
> Ce sont des brins, et non des gerbes,
> Qu'on trouve après le moissonneur.
>
> A. V. ARNAULT.

PARIS.

CHALLAMEL,
4, RUE DE L'ABBAYE,
FAUB. S.-GERMAIN.

LEDOYEN,
31, GALERIE D'ORLÉANS,
PALAIS-ROYAL.

1843.

A LA MÉMOIRE DE MON PÈRE.

Dédier ce volume à votre mémoire, Mon bon Père, c'est un besoin pour mon cœur, c'en est un pour ma raison. Vous fûtes le précepteur indulgent de mon enfance, le guide éclairé de ma jeunesse, le bienfaiteur de toute ma vie ; et quand j'écris votre souvenir en tête d'un ouvrage où je m'essaie à reprendre sans colère quelques défauts de l'imparfaite humanité, je mets ainsi le livre et l'auteur sous le patronage de la vertu la plus pure, unie à la plus douce bienveillance.

PROLOGUE.

Le Perroquet du Grand-Mogol

FABLE.

Le Grand-Mogol avait un Perroquet :
Vrai courtisan, dans son joyeux ramage
Sans cesse au prince il offrait son hommage
Enjolivé d'un compliment coquet.
Le prince aussi l'aimait à la folie,
Vantant partout sa piquante gaîté,
Sa voix suave et sa grâce accomplie :
Flatteur souvent à son tour est flatté.
Mais dans le temps qu'au fond d'une province
Le souverain a dirigé ses pas,
Certain seigneur, peu satisfait du prince,
Au Perroquet fait redire tout bas
Propos malins, épigrammes sévères,
Méchants bons-mots que les rois n'aiment guères.

4

En son palais le nôtre de retour,
Sans s'arrêter aux transports de sa cour,
Sans s'attendrir aux baisers de sa femme,
Tout aussitôt court égayer son âme
Près de l'oiseau qu'appelle son amour;
Lorsque soudain, ô surprise cruelle!
Dans cet oiseau modèle de douceur,
Dans cet oiseau naguère ami fidèle,
Le prince, hélas! trouve un sujet rebelle,
De ses travers incommode censeur.
Chez les Mogols l'orgueil du diadême
S'arrange mal d'une franchise extrême;
Ont-ils raison? Au contraire ont-ils tort?
Je n'entends pas résoudre le probléme;
Mais il advint, dit-on, qu'à l'instant même,
De par le roi, l'oiseau fut mis à mort.

Ami Lecteur, je conviens que mon livre
Sur tes défauts parfois est peu discret:
Or, ne va point, par un fatal arrêt,
Nouveau Mogol lui défendre de vivre.

LIVRE PREMIER.

FABLES.

LIVRE PREMIER.

—

FABLE Ire.

L'Éléphant et la Fourmi.

Il est certains esprits qui, toujours contens d'eux,
Sont disposés toujours à se railler des autres :
Ayez vos qualités, mes amis, je le veux ;
Mais aussi permettez que nous ayons les nôtres.

Dame Fourmi disait à messire Éléphant :
« Le ciel, en vérité, vous créa bien difforme !
» Entre deux petits yeux pourquoi ce nez énorme
        » Qui s'élance d'un front géant ?

» Puis à quoi bon encor cette lourde encolure,
» Et ces flancs si massifs, et ces quatre poteaux,
　　　　» Bizarres et pesans fardeaux
» Que d'une main novice ébaucha la nature?
» Au contraire, voyez de combien de beauté
　　　　» Elle aime à parer mon corsage :
　　　　» De grâce, de légèreté
» En moi vous rencontrez l'élégant assemblage :
» La force en moi s'unit avec l'agilité!
» Savez-vous bien, Seigneur, ce qu'il vous faudrait faire?
» Il faudrait à Jupin demander qu'une loi
　　　　» En bonne forme, et bien nette et bien claire,
» Vous rendît désormais en tout semblable à moi. »

　　Heureusement, à ce que dit l'histoire,
Monseigneur Éléphant était homme d'esprit;
Il ne se fâcha point, comme on le pourrait croire,
Et même de bon cœur on prétend qu'il sourit :
« Mais je ne ferai pas, dit-il, cette prière,
» Et dans ma volonté je suis bien affermi;
　　　　» Si je vous ressemblais, ma chère,
　　　　» Je ne serais qu'une Fourmi. »

FABLE II.

La Santé et l'Amour-propre.

Lasse enfin d'être en butte aux maux de l'existence,
Et de voir l'Amour-propre enivré de bonheur,
    Dans le palais d'un homme d'importance
    Dame Santé déplorait son malheur.
« Me croit-on (disait-elle) ici-bas inutile ?
» D'Épidaure au tombeau l'oracle est en oubli , .
» Ma voix même est sans force, et le monde indocile
» Va prodiguant l'outrage à mon culte avili !...
» Innocence du cœur, tranquillité de l'âme,
» Consolante amitié, riante volupté,
» Richesses et vertus, patrie et liberté,
» Tout est par le mortel que l'Amour-propre enflamme
» Offert en holocauste à cette déité !
» Et l'on refuse tout, hélas ! à la Santé ! »

Le riche en écoutant ces plaintes légitimes
   Parut touché de repentir,
Promit à la Santé de suivre ses maximes,
Et tout de bon peut-être allait se convertir,
Lorsque lui vint du prince une flatteuse épître :
   A la cour il était mandé
   Pour se voir décoré d'un titre
   A ses vœux enfin accordé.
« Reste, dit la Santé, la goutte encore t'oppresse,
» La bise est déchaînée, et bien froide est la nuit. —
» Pars, lui dit l'Amour-propre : agile le temps fuit,
» La faveur est volage, et la gloire te presse. »
   Or, l'Amour-propre triompha,
Et tout comblé d'honneurs le goutteux étouffa.

   Nous sommes faits de cette sorte :
On jure obéissance aux lois de la Santé;
   Mais quand parle la vanité,
   C'est toujours elle qui l'emporte.

FABLE III.

Le Chêne et l'Écureuil.

Un Chêne, dont le front bravait les feux du jour
Et les colères de l'orage,
Au peuple ailé du voisinage
Prêtait de ses rameaux le tranquille séjour.
Sous son ombrage,
Un Écureuil encore avait fixé sa cour,
Et par ses jeux légers égayait le bocage.
Grâce à cet abri protecteur,
La trame de ses jours était toute de soie :
Chaque aurore en naissant l'éveillait dans la joie,
Chaque nuit sur ses yeux pesait avec douceur.
Un matin, notre ami, variant ses caprices,
Aux charmes du repos consacrait son loisir,
Et, mollement bercé par un tiède zéphyr,
Des parfums du printemps respirait les délices ;
Le Chêne lui tint ce discours:
« Quel tribut ta reconnaissance
» A-t-elle jusqu'alors offert à la puissance
» Qui de ta jeune vie a protégé le cours?

» L'aimable paix de ton enfance,
» Le calme heureux de tes amours,
» Sont les effets de ma clémence :
» Et lorsque ces oiseaux, louant ma bienfaisance,
» Redisent à l'envi quel généreux secours
« Défend leur fragile existence,
» En cet unanime concours,
» Ton indolente voix garde un ingrat silence. —
» Seigneur,
» Pour la gloire de Votre Altesse
» Que peut mon humble petitesse?
(Dit l'Écureuil avec candeur.)
» Ces soins dont vous avez entouré mon jeune âge,
» Et le jour et la nuit j'en parle dans mon cœur;
» Mais de quel prix payer ma vie et mon bonheur,
» Si je ne puis donner qu'un inutile hommage?
» En de tels faits, Seigneur, la beauté de l'ouvrage,
» Bien mieux que des chansons, récompense l'auteur.
» Cet astre qui poursuit sa course journalière,
» Vous dit-il, chante ma lumière ?
» Vous dit-il, chante ma chaleur ?

De l'indigent soulage la misère,
Du malheureux console la douleur;
Mais pour ta vanité point d'orgueilleux salaire ;
Un bienfait égoïste est un mot sans valeur.

13

FABLE IV.

Cicéron et l'Ane.

Feu Cicéron, qui ne parlait pas mal,
Dans le Forum faisait une harangue;
Certain Baudet, assez sot animal,
Mais se croyant passé maître en sa langue,
Et visant même au brevet de docteur,
Pour le juger écoutait l'orateur.
Or, celui-ci laissait son éloquence,
Précipitant ses flots harmonieux,
Au Peuple-Roi retracer la puissance
Et les vertus de ses nobles aïeux :
« Liberté sainte, ô sublime déesse,
» S'écriait-il, rallume au fond des cœurs
» Ce feu sacré que Rome en sa jeunesse
» A vu guider ses étendards vainqueurs ! »

Mais, à ces mots, du sein de l'auditoire
S'élève un cri, le plus rauque des cris
Qui d'un Baudet forment le répertoire :
Arrêté court dans sa fougue oratoire,
Figurez-vous Cicéron tout surpris ;
Et puis la foule et diverse et mobile,
Et murmurant et riant à la fois,
Criant : « Silence! » au Baudet indocile,
Criant : « Parlez! » à l'orateur sans voix.
« Que me veut donc tout ce peuple qui gronde?
» (Dit le Baudet) voilà bien du nouveau :
» Notre avocat a perdu sa faconde,
» Juste au moment où je criais bravo! »
Lors un quidam, témoin de l'aventure :
« Pour t'expliquer, dit-il, et ce murmure
» Et ce silence, il me suffit d'un mot :
» On est tenté de prendre pour injure
» Les complimens, quand ils viennent d'un sot. »

Nos yeux jamais ne verront tel outrage
D'un beau discours compromettre le sort :
Baudets pourtant sont nombreux en notre âge,
Mais Cicéron depuis long-temps est mort.

FABLE V.

Le Rossignol et le Chat-huant.

Le Chat-huant disait à Philomèle :
« Je vois l'homme applaudir à ces hymnes d'amour
» Que votre voix soupire en la saison nouvelle,
» Et qui charment l'écho des bosquets d'alentour.
» Je ne suis pas injuste, et quelquefois j'admire
        » La grâce et l'éclat de vos chants :
        » Sans doute Apollon vous inspire
» Et des accords si doux, et des sons si touchans:
        » Mais vous n'estimez pas, je pense,
        » Qu'à vous seule ce dieu dispense
        » Tout le trésor de ses faveurs :
» Nous lui devons aussi quelque reconnaissance;
» Et malgré les discours d'impertinens censeurs,
» Ma voix peut de vos chants braver la concurrence.

» Même j'aurais désir que Thémis entre nous
        » Sur ce sujet rendît sentence. —
» Je me range à vos vœux et vole à l'audience »,
        Dit Philomèle sans courroux.

Thémis tenait ce jour solennelle séance.
Le procès fut au rôle incontinent placé ;
Et maître Chat-huant trois fois ayant toussé,
Traita de la musique et de son influence,
        Parla d'Orphée et d'Amphion,
        Du prélude et de la cadence,
        D'accord parfait, de dissonance,
    De contre-point et d'exécution ;
        Concluant, par provision,
        Qu'au Rossignol fût fait défense
        D'usurper la prééminence,
Dont lui, dit Chat-huant, avait la jouissance .
        Par titres et prescription.
La déesse écouta son dire en patience,
Et sans que le sommeil appesantît ses yeux.
        Je connais plus d'un juge en France
Qui, dans un cas semblable, eût rêvé de son mieux ;
    Mais, on le sait, juges ne sont pas dieux.
        Or, retournons à notre cause.
On crut que Philomèle, après un tel discours,
S'en allait méditer et le Code et la Glose,
Ou des Dupins d'alors emprunter le secours : .

Philomèle chanta la rose,
La rose amante du zéphyr,
La rose ouvrant son sein aux larmes de l'aurore,
Et dans un cœur novice encore
Éveillant un premier désir.
Ici Thémis fit un soupir.
Le Rossignol l'entend, il cesse son ramage :
Que peut un avocat espérer davantage,
Quand il a su ses juges attendrir ?
Philomèle obtint la victoire.
Débouté de ses fins, sifflé par l'auditoire,
Son rival envieux s'en fut en son réduit,
Jurant d'imprimer un mémoire,
Et s'écriant : « J'en appelle à la Nuit! »

J'ai vu des Chats-huants sous maints et maints plumages,
J'en connais en tous lieux, j'en sais de tous étages :
Il en est à la ville, il en est à la cour.
Auteurs qu'outrage en vain leur jalouse arrogance,
Voulez-vous d'un trait sûr armer votre vengeance ?
Laissez-les près de vous se produire au grand jour.

FABLE VI.

Le Pâté.

Dans la cuisine de leur maître
Un Chien avec un Chat volèrent un pâté.
Ils en devaient jouir par droit d'égalité :
Mais chacun voulant plus, tous deux purent connaître
    Qu'entre fripons la loyauté
    Est un mot sans réalité.

Donc, ne s'accordant point au sujet du partage,
Le couple scélérat invoqua l'arbitrage
    De certain Renard, fin matois,
    Chaperonné docteur ès-lois,
Et connaissant au mieux la coutume et l'usage.

19

Devant cet aréopage
Nos plaideurs ayant porté
Le pâté,
Le juge demanda par quelle circonstance
Ce mets était venu dans leur possession :
Car fidèle aux devoirs de sa profession,
Il voulait éclairer sur tout sa conscience !
« A grand'peine tantôt nous l'avons fabriqué, »
Répliquèrent soudain les deux larrons ensemble.

« Il serait plus vrai, ce me semble,
» De dire que tantôt vous l'avez escroqué, »
Repartit le Renard s'armant d'un front sévère ;
« Et, messieurs, je prétends ici,
» Sur votre assertion, que je crois mensongère,
» Sans nul retard être éclairci.
» Or, cette croûte parfumée,
» Quelle chair, selon vous, cache-t-elle à mes yeux ? —
» Le pigeon succulent, la perdrix embaumée,
» Et le faisan délicieux. —
» Fort bien ! vérifions la chose.
» Voici d'abord trois ortolans
» Qui n'étant ni pigeons, ni perdrix, ni faisans,
» Doivent être mis hors de cause.
(Aussitôt le rusé les croque à belles dents.)
» Puis ces deux cailleteaux, puis ces grives encore,
» Ne sont point au procès reçus intervenans.
(Et sans façon il les dévore.) —

» Mais il nous faut enfin le reste partager !
S'écrie impatient l'un et l'autre complice. —
« Le reste, malheureux, osez-vous y songer,
        » Quand sur vous j'aurais à venger
» Les droits de la morale et ceux de la justice,
» Que par un attentat vous venez d'outrager !
» Feu Salomon disait aux juges de son âge :
» Dépouillez le méchant qui prend le bien d'autrui.
        » Salomon parlait comme un sage,
        » Et je vais parler comme lui :
» La Cour, considérant le vol et le dommage,
» De vos conclusions vous déboute aujourd'hui,
» Ordonne le dépôt des pièces à l'appui,
» Et des frais entre vous fait un égal partage. »

        Petits escrocs, petits gérans,
        Vous aussi, petits conquérans
        Qui vous battez pour des provinces,
        N'appelez dans vos différends
        Ni de grands clercs, ni de grands princes :
        Ce sont de fâcheux concurrens.

FABLE VII.

L'Apollon du Belvéder.

Un beau matin, parcourant le musée,
Petrus Mayeux, bossu de son métier,
Voyait enfans, vieillards, pauvre, rentier,
Et grand'maman, et nouvelle épousée,
La foule enfin, qui d'admirer le Dieu
Ne se lassait. « Que font donc en ce lieu
» Tous ces badauds aux pieds d'une statue?
» (Disait le nain) Je crois, sur mon honneur,
» Qu'ils s'en vont l'adorer, tandis qu'on s'évertue
» A doubler mes chagrins en raillant mon malheur :
» Je suis homme pourtant, et vaux plus qu'une pierre !
» Çà, messieurs les rieurs, mettez ce marbre à terre ;
» Je veux prendre sa place, et montrer aujourd'hui
» Qu'un être intelligent doit faire plus d'estime
» D'un bossu tel que moi que d'un dieu tel que lui. »

Un cri joyeux surgit de la foule unanime :
Mille bras à l'envi s'emparant d'Apollon,
Relèguent en un coin le dieu de l'éloquence ;
Au grotesque orateur on accorde audience,
Et le voilà qui trône au milieu du salon.
Long-temps à cet aspect règne un confus murmure :
          Les gens d'esprit, comme les sots,
Accablaient de brocards, insultaient de bons-mots
          La vivante caricature.
Après qu'on eut bien ri, force fut d'en finir,
Et d'accorder au nain un peu de tolérance :
« Peuple insensé, dit-il, toujours sur l'apparence
» Verrons-nous tes arrêts ou flatter ou punir ?
» Alors que cette idole attire ton hommage,
» Chaque jour me retrouve en butte à ton mépris :
          » De sa beauté ton respect est le prix,
          » De ma laideur le seul prix est l'outrage !
          » Et cependant ces membres contrefaits
          » Cachent une âme ouverte à la tendresse,
          » Qui du bonheur saurait goûter l'ivresse,
          » Qui des douleurs a su porter le faix ;
» Mais ce superbe dieu sent-il son existence ?
« Sent-il un cœur ému palpiter dans son sein ?
          » Marbre glacé, sans joie et sans souffrance,
          » De siècle en siècle il dure sans dessein.
» Qu'importe ! louangez cette œuvre qui s'ignore,
» Entourez-la d'honneurs, entourez-la d'encens :

» Puis à l'infortuné que le chagrin dévore,
» Sans pitié jetez-lui vos rires indécens! »

Et la foule écoutait l'orateur un peu rude,
Dont le discours naïf fut assez bien reçu :
Et, dès le lendemain, fidèle à l'habitude,
On admira la pierre, et l'on rit du bossu.

FABLE VIII.

L'Ivrogne et le Noyé.

Un fleuve, après avoir englouti dans ses flots
    Certain buveur du voisinage,
    L'avait rejeté sur la plage,
Les yeux appesantis par d'éternels pavots.
Le défunt gisait là, quand vint sire Grégoire.
« Je pressentais, dit-il, un malheur : ce matin,
» Mon verre en quatre parts s'est brisé sous ma main !
    » Cependant qui l'aurait pu croire,
» Que je verrais Pierrot, Pierrot mon bon voisin,
    » Pierrot mon compagnon de gloire,
» Noyer dans la rivière un si brillant destin ?
» Je me consolerais s'il fût mort dans le vin :
» Mais dans l'eau ! mais dans l'eau !... J'en mourrai de chagrin...
    » Si tout à l'heure on ne me verse à boire. »

Chaque homme a son penchant, dont le charme vainqueur
Embellissant parfois ses heures d'allégresse,
    Parfois aussi consolant sa tristesse ,
Sait captiver toujours son esprit et son cœur.
Heureux quand ce penchant le guide à la sagesse!
    Ce n'est pas le cas du buveur.

FABLE IX.

L'Anesse en couches.

Enfin, grâce aux soins de Lucine,
L'épouse d'un Baudet venait de mettre au jour
Le gage désiré d'un légitime amour.
Un exprès, dépêché par la famille âsine,
En porta la nouvelle aux Grandeurs d'alentour ;
    Et bientôt chez la jeune mère
    On vit accourir la Jument,
    Avec la Vache sa commère
    Faisant assaut d'empressement.

    « En vérité, cousine,
  » Ton poupon me semble charmant !
  » Je te parle sans compliment
  (Dit l'Excellence chevaline). —
» Les Grâces n'en pourraient façonner de plus beau
(S'écriait à son tour la ruminante Altesse) :
  » C'est un trésor de gentillesse,
  » C'est l'Adonis de ce troupeau ! —

» Et comme brille en lui son illustre origine !
» Voyez ce front, ce nez, ces yeux. — Plus j'examine,
    » Plus je trouve que, trait pour trait,
    » De son père c'est le portrait. »
Maître l'Ane versait des larmes de tendresse,
    Le poids du bonheur l'étouffait,
    Son cœur paternel triomphait
De posséder un fils reconnu si parfait ;
    Il répétait avec ivresse :
« Un chef-d'œuvre ! un chef-d'œuvre ! et c'est moi qui l'ai fait ! »

Le soleil cependant, entraîné par les heures,
Précipitait ses pas vers l'humide séjour.
Voyageuses alors parlèrent du retour :
Seules et sans maris, si loin de leurs demeures,
    Elles craignaient la fin du jour,
    Et redoutaient la médisance :
Le monde à l'écouter met tant de complaisance !
On se dit donc adieu. Mais combien de regrets !
Et combien de baisers ! Et combien de souhaits !
Et combien de sermens de tendre bienveillance !

    On n'avait pas fait quatre pas,
    Que déjà l'une et l'autre amie
    Entr'elles se disaient tout bas :
    « Le nouveau-né, ma foi, ne me plaît pas.
» Fabriquer tel magot, c'est bien franche ânerie. —

» Et, pour le mieux encor , je crois sire Baudct

».Enrôlé dans la confrérie

» (Soit dit entre nous deux) : je parîrais ma vie

» Qu'il en est !

» Un soir, j'ai vu dans la prairie

» Certain Anon leste et grivois

» Qui... Mais l'enfant lui plait ; il suffit. » — « Oui , je crois

» Que sa Lucrèce renchérie

» Rendra père plus d'une fois

» Un mari si bénin, un époux si courtois. » —

» Commère , sur ce point j'en ai beaucoup à dire :

» Demain, je vous le veux conter. »

Nos dames , à ces mots, cessèrent de médire :

Moi, je cesse de répéter.

Entrez dans un salon, soudain chacun vous jure

Que de votre amitié l'univers est jaloux ;

On vante vos talens, on louange vos goûts :

Mais, pour connaître au vrai ce qu'on pense de vous,

Mettez l'oreille à la serrure.

FABLE X.

La Rose.

Dans un jardin paré des plus aimables fleurs
Une rose
Fraîche éclose
De son émail naissant déployait les couleurs.
Survint la jeune Aline,
Aline à qui le dieu que servent les amans
Répétait en secret que quelques ornemens
Rehausseraient l'éclat de sa grâce enfantine.
Fillettes sont toujours
De l'avis des amours;
Puis la coquetterie
Et ses brillans atours,
Puis la galanterie
Et ses charmans détours,
Du printemps de leur vie occupent les beaux jours.

Cueillir la fleur nouvelle , en couronner sa téte ,
Semblait à l'innocente un dessein enchanteur :
     Déjà du bouton séducteur
     Sa main médite la conquête ;
Un doux espoir déjà fait palpiter son cœur :
     Mais soudain l'épine perfide
     A repoussé la main avide ,
     Dissipé le projet flatteur ;
       Et sa pointe acérée
     Ne laisse à la belle éplorée
       Que la douleur.

Un sage , en cet instant, passait non loin d'Aline.
« La rose, lui dit-il, est comme le plaisir :
» Elle brille et séduit ; mais souvent une épine
    « Punit un imprudent désir. »

FABLE XI.

La Gouttière.

A l'heure où le soleil décrivant sa carrière,
Du haut d'un ciel d'azur épanchait tous ses feux,
    En ce bas monde un pauvre hère,
Las de voir le destin contrarier ses vœux,
Cherchait un lieu propice où clore sa paupière :
Le sommeil fut toujours l'ami des malheureux.
Notre pélerin donc, promenant sa souffrance,
Approcha d'un château, solitaire séjour
Entouré de bosquets et d'ombre et de silence :
Morphée en ce vallon alors tenait sa cour.
« Ah ! que je vais ici faire un excellent somme !...
» Je puis, sur ce tapis de fleurs et de gazon,
» Rêver que j'ai de l'or, des champs, une maison...,
» Que je suis... » — A ces mots s'est endormi notre homme.
Les Songes en riant aussitôt d'accourir.
D'abord à son regard un palais vient s'offrir :
Puis un grand peuple en sort, qui va plein d'allégresse
Déposer à ses pieds maints trésors précieux :
Partout des cris de joie avec des chants d'ivresse,
Autour de lui, pour lui, s'élancent vers les cieux :

    Dans ses vouloirs capricieux
    La foule à le servir s'empresse :
Bref, le pauvre, dit-on, fut heureux cette fois.
Moi, que la flatterie et l'or ne touchent guère,
J'eusse aimé mieux rêver que gentille bergère
De l'amour sur mon cœur étudiait les lois.
Mais que chacun façonne un bonheur à sa guise,
J'y consens : liberté, fut toujours ma devise.
    Revenons à notre dormeur.

Alors que du sommeil il goûtait la douceur,
Alors que des plaisirs il savourait l'image,
        Voici que dans les airs
        Passe en grondant l'orage,
        Et des flancs du nuage
        Sortent de longs éclairs.
Malgré tout le fracas que roulait la tempête,
Le pélerin en paix eût son rêve achevé;
Mais son œil, par malheur, n'avait point observé
        Qu'une gouttière sur sa tête
Planait juste au sommet d'un donjon élevé.
Or, la pluie entourant de ses voiles humides
Ce vallon où tantôt brillait l'astre du jour,
La gouttière à l'instant fait du haut de la tour
Jaillir sur le songeur des tourbillons liquides :
Tragique dénoûment d'un drame gracieux.
Socrate sans se plaindre eût accepté la chose :

Mais notre infortuné, qui s'arrangeait au mieux
    De sa douce métamorphose,
Ne put voir sans dépit fuir le rêve joyeux
Qui redorait si bien l'existence à ses yeux.
Maudissant tour à tour les dieux et la gouttière,
Puis maudissant encor la gouttière et les dieux,
Il s'en allait enfin chercher loin de ces lieux
    Un refuge pour sa misère,
Quand une voix l'appelle, et le rustre entendit
Ces mots qu'avec bonté la gouttière lui dit :
    « Abjure une injuste colère :
» J'ai rempli mon devoir, que n'as-tu fait le tien ?
    » Ne sais-tu pas que sur la terre
    » Le mal toujours est près du bien ?
» Quoi ! par l'ordre des dieux quand la raison t'éclaire,
    » En aveugle tu veux marcher,
    » Et tu prétends leur reprocher
    » Tous les faux pas que tu vas faire !
» Je pourrais à bon droit sur ce point te prêcher,
» J'aime mieux te donner un avis salutaire :
» Lorsque tu vois les fleurs émailler les guérets,
» Lorsque tu vois des grands les demeures altières,
» Songe que les beaux jours, songe que les palais
» Se parent trop souvent de perfides attraits :
    » Crains la tempête et les gouttières... »

FABLE XII.

Les deux Coqs.

Amis dès leur plus tendre enfance,
Et sultans d'une basse-cour,
Deux Coqs voyaient en paix s'écouler chaque jour :
Chose, de notre temps, fort peu commune en France[1]
Bannissant de leur cœur les désirs envieux,
De tout ils se faisaient volontaire partage :
Chez les Coqs ce n'est pas l'usage,
Mais ceux-ci s'entendaient au mieux.
Par malheur, un matin, la Discorde cruelle
Prit plaisir à troubler cette union si belle :
« Frère, dit l'un des Coqs, un bien m'est arrivé :
» Dans ce vieux pavillon dont l'issue est ouverte,
» D'un boisseau de bon grain j'ai fait la découverte;
» Il vient par moi d'être trouvé. —

» Je t'invite, dit l'autre , à changer de langage,

» Car ce blé, j'en ai fait la trouvaille avant toi :

» Le premier occupant, c'est une loi fort sage,

» Et ton trésor, mon cher, il n'appartient qu'à moi. —

» Non pas!—Si fait!—Non pas!—Il n'est qu'à moi, te dis-je! »

Et nos Coqs, pris soudain de belliqueux vertige ,

Des pattes et du bec s'escrimant au plus fort,

Dans leurs seins palpitans veulent porter la mort.

Autour d'eux se rassemble un cercle de poulettes,

Et leurs mères, hélas! que l'effroi rend muettes,

Tandis que les Dindons excitent par leurs cris

      La colère des deux athlètes :

      On eût pu se croire à Paris.

L'un d'eux enfin succombe, et, fier de sa victoire,

L'autre court à ce grain qui lui coûte un ami ;

Mais sur son front superbe où rayonnait la gloire

      Sa crête sanglante a frémi.

« Mon blé! mon blé! dit-il : je veux qu'on me le rende !

» Qui l'a pris ? qu'on le nomme, et je serai vengé!—

» Ton blé? répond quelqu'un : parbleu! belle demande !

» En riant du combat les Chapons l'ont mangé. »

Soyez sûrs qu'en tous lieux, royaume ou république,

Quand la soif du pouvoir divisera les grands,

      Les Chapons de la politique

      S'engraisseront à leurs dépens.

LIVRE DEUXIEME.

LIVRE DEUXIÈME.

FABLE Iʳᵉ.

La Flûte et la Fauvette.

Prima donna d'un frais bocage,
Dame Fauvette, l'autre jour,
Pour charmer les soins du ménage
Modulait un hymne d'amour.
A sa joyeuse chansonnette
Le voisinage applaudissait,
On criait : bis! et la Fauvette
Complaisamment recommençait.

Une Flûte, oubliée en ce lieu solitaire,
Blâmait des louangeurs l'unanime transport,
Et contraignant enfin la chanteuse à se taire,
S'efforça de prouver dans un long commentaire
Qu'en approuvant l'oiseau l'auditoire avait tort.
        « Venez entendre, disait-elle,
» Les accords merveilleux qu'enfante l'Opéra,
        » Et nul de vous n'applaudira
        » Cette champêtre villanelle
» Que votre mauvais goût jusqu'alors admira.
» Aujourd'hui cependant je veux que mon génie
» Fasse revivre ici quelques-uns des accens
                » Ravissans
» Que ma voix sait mêler aux masses d'harmonie.
        » Flatter l'oreille est mon emploi :
            » Écoutez-moi ! »

        Au milieu d'un profond silence
On l'écoute en effet, mais on l'écoute en vain :
La Flûte n'avait là le souffle ni la main
        Qui faisaient toute sa science,
Et ne put à l'appui de sa fière éloquence
        Trouver le plus simple refrain.
        Chacun railla son ignorance.
        « Madame, lui dit un Pinson,
        » Grand merci de votre leçon !
» Vous êtes, je le crois, fort habile en musique,

» Mais je n'entends, hélas! rien à votre chanson,
» Et lui préfère encor cette idylle rustique
» Que tantôt notre sœur fredonnait sans façon. »

La Flûte orgueilleuse est l'emblême
De cet intrépide parleur
Qui s'adjuge entre tous un mérite suprême,
Sans rien produire de lui-même :
Son Apollon est un souffleur,
Et le talent d'autrui fait toute sa valeur.

FABLE II.

Chien et Chat.

Le bonhomme Géronte avait dans sa demeure
Un Chien, bel épagneul, un Chat, bel angola,
Mais qui se détestaient; et leur maître, à toute heure,
Entre eux s'interposait pour mettre le holà.
« Mes amis, disait-il, pour moi de la vieillesse
» Par vos débats sans fin vous affligez le cours :
» Quand je porte à tous deux une égale tendresse,
» Ne pouvez-vous au moins en paix passer vos jours ?
» Aimez-vous donc un peu, c'est moi qui vous en prie !
» Raton, ne griffez plus; ne mordez plus, Zéphyr...
» Quoi!... vous vous caressez?... Pour mon cœur quel plaisir!...
» Allons, pardonnez-moi ma triste gronderie :
» Charmans petits amis, voyez mon repentir. »
Et toujours, en faisant cette étrange prière,
Le bonhomme Géronte essuyait sa paupière.

Un jour, qu'il remplissait son pacifique emploi,
Arrive un sien valet tout haletant d'émoi :
« Monsieur! fit-il, Monsieur! hâtez-vous, venez vite!
» Votre fils, votre bru sur l'heure se sont pris
   » De je ne sais quelle fureur subite
» Qui les pousse à se battre en jetant de grands cris! —
» A se battre, mon Dieu! mais tant pis! mais tant pis!
» Cours leur dire en mon nom qu'ils cessent ce tapage,
» Et que je leur défends de plus agir ainsi.
» Mais moi, tu le sais bien, j'adoptai pour usage
» De ne jamais entrer aux détails du ménage,
» Et j'ai bien autre chose à démêler ici! »
L'impassible vieillard, en parlant de la sorte,
Mettait stoïquement le valet à la porte,
Puis rendu tout entier à son Chat, à son Chien,
Renouait avec eux son touchant entretien.

Tels de ces gens si bons, que l'on voit se complaire
Dans la félicité de leurs chiens, de leurs chats,
S'il faut de leur semblable alléger la misère,
    Pour lui souvent ne feront pas
      Un pas!

FABLE III.

L'Homme et le Baudet.

« Qui de nous deux est le plus sot?
(Demandait tout à l'heure un Baudet à son maître.)
» Querellant le Destin, maudissant votre lot,
» Vous voyez sans bonheur les jours fuir et renaître :
» Cependant que soumis aux caprices du sort,
» Et des biens et des maux acceptant l'alliance,
» J'abandonne au hasard ma docile existence:
» L'aurore en paix m'éveille, en paix la nuit m'endort.
» Si d'injustes mépris vous m'imposez l'outrage,
» Utile serviteur je me sens consolé :
» Si d'un brutal courroux tombe sur moi l'orage,
» Je cède à la tempête et n'en suis pas troublé.
» Vous cherchez des palais la bruyante allégresse,
» Je cherche le repos à l'ombre d'un ormeau :
» Vous aimez des festins la somptueuse ivresse,
» J'aime l'herbe des prés qui fleurit au hameau.

» Vous quittez en tremblant une vie éphémère :

» Sans crainte je m'en vais... ma foi ! je ne sais où...

    » La mort vous frappe, et, noble fou,

» De l'immortalité vous rêvez la chimére !

» Moi, quand la faux du Temps vient trancher mon licou,

    » L'avenir ne m'importe guère.

    » Et maintenant, vous me direz, j'espère,

» De vous savant docteur, de moi pauvre idiot,

    » Lequel des deux est le plus sot. »

Ici maître Baudet termina sa boutade.—

Et que répondit l'Homme ?—Il ne répondit rien,

Mais jura de punir l'insolente incartade,

Et ce serment fatal fut accompli trop bien :

Empruntant d'un bâton l'énergique éloquence,

Et lançant d'un bras ferme une lourde oraison,

Il prouva largement qu'aux yeux de la puissance

Le faible a toujours tort d'oser avoir raison.

    Simple argument, trop prompt à nous confondre,

    Vient-il par fois dévoiler notre erreur ?

    Nous voilà pris d'orgueilleuse fureur :

      Mais se fâcher n'est pas répondre.

FABLE IV.

Le Loup et l'Agneau.

Un fils de Robin-Mouton
S'ennuyant de la tutelle
D'un chien sévère et fidèle ,
Seulet s'en alla, dit-on,
Cueillir aux champs l'herbe nouvelle.
Survint messire Loup, dont l'appétit glouton
Convoitait l'innocente proie.
» Notre féal, dit-il, mon âme est toute joie !
» Cet incommode Argus, dont la brutalité
» Du joug de son caprice accablait ton jeune âge,
» Par ton heureuse audace enfin est écarté.
» Le ciel en soit béni! Sous ce riant ombrage
» Tu pourras désormais promener tes loisirs .
» Et de tes amoureux désirs
» Instruire sans témoin les échos du bocage.

» Mais, guidés vers ces lieux par ton lâche oppresseur,
» Peut-étre les tyrans, irrités de ta fuite,
» Vont de la liberté te ravir la douceur :
        » Ami, sous mon toit protecteur
            » Viens braver leur poursuite
            » Et goûter le bonheur ! »
A ces mots, il l'entraîne en la forêt profonde.
Hélas! et depuis lors le pâtre du hameau
        En vain l'appelle sous l'ormeau ;
Il n'est à ses accens plus d'agneau qui réponde...
Dans ces bois l'imprudent n'a trouvé qu'un tombeau.

Mon dessein se découvre en cette allégorie.
La jeunesse, rebelle aux leçons d'un censeur,
Obéit en esclave au vice adulateur,
Et, suivant à grands pas une route fleurie,
En rêvant le plaisir arrive à la douleur.

FABLE V.

Les tiroirs de ma commode.

Dans les tiroirs de ma commode
Un peu de linge est en ordre rangé.
Ce meuble d'ordinaire est faiblement chargé :
L'opulence chez moi ne fut jamais de mode.
Quelquefois cependant sans façon l'amitié
De mon étroit logis emprunte la moitié,
Et donne à mes tiroirs certain air de richesse.
Or, je crois ces messieurs portés à la paresse ,
Car se voyant remplir l'un d'eux s'est écrié :
      « A tes amis prête assistance,
» Maître, c'est bien, très-bien ! pour ma part, j'y consens.
      » Mais que ce soit à nos dépens,
» Maître, c'est mal, très-mal ! et je fais résistance ! »
De ce tiroir mutin je punis l'insolence.
Néanmoins son discours, j'en conviens aujourd'hui,
N'était pas tout à fait dépourvu de justice :
Bien des gens empressés à vous rendre service
Ne font rien par eux-même et font tout par autrui :
Chacun prend volontiers l'obligeance pour lui,
Et laisse à son voisin le soin du sacrifice.

FABLE VI.

Le Casque et le Bonnet de coton.

Le casque enorgueilli de sa riche crinière,
De sa mouvante aigrette et de son cimier d'or,
Fier aussi d'avoir vu dans la lice guerrière
Les braves applaudir son intrépide essor,
Un jour, dans les loisirs d'un repos salutaire,
   Eut pour voisin, dit-on,
   Le Bonnet de coton,
Personnage fort doux et d'humble caractère.

« Qui te rend si hardi d'oser auprès de moi
» Étaler sottement ta bourgeoise indolence?
» As-tu donc oublié que jamais la vaillance
» Ne s'estime assez loin d'un poltron tel que toi?
» On reconnaît le Casque à cette violence
(Répliqua sans courroux le Bonnet tout surpris).
» Mais devrait-il payer par d'offensans mépris
  » Ma fraternelle bienveillance? —
» Bienveillance de lâche est injure à mes yeux!

» Cependant laisse là ta paresse chérie :
» Moissonnant avec moi des lauriers glorieux,
» Viens aux champs de l'honneur défendre la patrie,
» Et je suis ton Pylade, en tous temps, en tous lieux ! —
» Grand merci, mon voisin, répondit le classique :
» Je me sens peu de goût pour les exploits guerriers :
» Le ciel, qui vous dota d'une ardeur héroïque,
      » En me faisant tout pacifique,
» M'invite à préférer le duvet aux lauriers.
» Sans peine j'obéis ; et tandis que les larmes,
» Le ravage et la mort ont pour vous tant de charmes ;
» Tandis qu'avec plaisir vous voyez les humains,
» Nourrissant les fureurs d'une rage homicide,
» De fer armer leurs bras, de sang teindre leurs mains,
» Et des foudres de Mars guider le vol rapide ;
» Moi, spectateur prudent de plus heureux combats,
» J'accompagne l'amant conduit par le mystère,
» Qui va joindre sans bruit l'amante solitaire ;
» Et, discret protecteur de leurs tendres débats,
» Des maux que vous causez je console la terre... »

Sans doute le Bonnet, dans un pompeux discours,
Donnant libre carrière à sa docte éloquence,
S'en allait exalter sa bénigne importance,
Et citer à témoin le rhume et les amours,
Quand du maître commun l'opportune présence
Vint à nos deux rivaux prescrire le silence.

« Je vous blâme, dit-il, et vous loue à la fois.
» Lorsque chacun de vous s'honore d'être utile,
» De la saine raison vous écoutez la voix :
» Mais d'un mépris jaloux quittez l'orgueil futile.
  » Nature, par de sages lois,
» Pour les êtres divers créa divers emplois :
» Toi, Casque belliqueux, brille au sein du carnage ;
» Toi, Bonnet innocent, dans l'ombre règne en paix ;
  » Et comme a dit un vieil adage,
  » Rois, commandez dans vos palais,
  » Bergers, commandez au village.
  » Le monde en ira mieux, je gage. »

FABLE VII.

La Charmille et la Bergère.

« Arrête, Bergère cruelle !
» Pourquoi ravir dans leurs berceaux
» Ces fruits d'amour que Philomèle
» A confiés à mes rameaux ?

» Ne sens-tu pas quelle douleur amère
» Peut lui causer la perte de ses fils ?
» Cet oiseau qui gémit, cruelle ! est une mère !
» Elle mourrait sans ses petits.

» Quelques printemps encore, et, comme Philomèle,
» Tu deviendras mère à ton tour :
» Puisses-tu ne jamais te voir ravir, comme elle,
» Ces tendres gages de l'amour !

» Mais tu pleures, Bergère... Eh bien ! sous mon feuil'
» Remets ce modeste berceau :
» Il est si doux d'être bonne à ton âge,
» Même envers un oiseau ! »

FABLE VIII.

L'Habit et la Chemise.

Prise d'envieux dépit,
Une orgueilleuse Chemise
Voulut jadis sur l'Habit
En évidence être mise.
Le maître s'y refusait,
Et très-sensément disait
Que l'habituel usage
A ce désir s'opposait.
Bien qu'il parlât comme un sage,
La chemise en son langage
D'injustice l'accusait,
Et plus il moralisait
Plus elle faisait tapage.

Enfin il fallut céder
A sa jalouse exigence;
A quitter la préséance
L'Habit dut se décider :

Mais il goûta sans tarder
Les charmes de la vengeance ;
Car dans une foule immense
Ayant été parader ,
La Chemise put entendre
Sur elle de toutes parts
Fondre sifflets et brocards :
Ce fut vraiment un esclandre !
Tant et si bien qu'au logis
Elle rentra fort confuse,
A l'Habit faisant excuse
D'un ton modeste et soumis.
Tout dans l'ordre fut remis.

Que l'imprudent s'embarrasse
De projets ambitieux,
Le sage reste à la place
Que lui marquèrent les dieux.

FABLE IX.

Le Chat et la Souris.

Un Chat allait croquer une jeune souris ;
Déjà d'un bras nerveux il serrait la pauvrette :
Celle-ci lui disait à voix humble et doucette :
    « Monsieur de Raminagrobis,
» Quels sont mes torts vers vous ? quels envers vos amis ?
» A peine de la vie ai-je entrevu l'aurore,
    » Et ma dent n'a pas même encore
    » Blessé le lard de ce logis.
    » Ah ! si je vous ai fait injure,
    » Mon cœur n'en sut rien , je vous jure.
» Grâce , grâce, Monsieur de Raminagrobis ! —
» Mon enfant, dit le Chat, en rien je ne t'accuse.
» Je t'estime et te tiens pour honnête animal.
» Je n'entends, crois-le bien, te punir d'aucun mal :
» Mais je veux te croquer, parce que... ça m'amuse. »

    Ainsi nous prenons à plaisir
    D'opprimer la faible innocence :
Vainement sa douceur essaie à nous fléchir,
    Nous sommes sourds à la clémence.

FABLE X.

Le Lièvre et la Grenouille.

Une Grenouille fort craintive
Habitait d'un marais les tranquilles roseaux :
Si parfois en silence elle hantait la rive,
Au bruit le plus léger elle criait : « Qui vive ? »
Puis se replongeait sous les eaux.
Un Lièvre, autre poltron, près d'elle avait son gîte :
Les tourmens de la peur, les tourmens de l'ennui,
Hôtes de ce logis, y veillaient avec lui ;
Et pendant son sommeil le malheureux ermite
Des songes effrayans recevait la visite :
Contre tant de terreurs il cherchait un appui.

Notre héros, notre héroïne,
Dans l'herbe verdoyante égayant leurs esprits,
Face à face un matin se virent, tout surpris :
Le pélerin, la pélerine
Eurent si grand émoi qu'ensemble ils furent pris
D'un mal qu'aisément l'on devine.
Cela calmant un peu l'excès de leur frayeur,
Le Lièvre à demi-voix dit : « Bon jour, ma commère. »
La Grenouille tout bas dit : « Bon jour, mon compère. —
» Il paraît que de moi vous avez eu bien peur ? —
» Et que je vous ai fait une rude épouvante ? —
» Ma foi ! oui, j'en conviens.—Eh bien ! moi, je m'en vante.—
» Il me vient une idée ! Écoutez-moi, ma sœur.
» Vous tremblez bien souvent, et bien souvent je tremble ;
» Si nous nous rapprochions ? L'un à l'autre, il me semble,
» Nous saurions quelque peu de courage inspirer
» Lorsque de nous l'effroi se voudrait emparer. —
» Par Neptune ! voisin, votre avis est fort sage !
» Frappez là ! Désormais nous n'avons qu'un ménage.
» Près de vous je me sens une intrépidité
» Qui pare ces vallons de nouvelle beauté !
» Voulez-vous voyager ? Je suis votre compagne. —
» Moi, votre compagnon, de vous suivre enchanté ! - -
» En campagne, voisin ! — Ma voisine, en campagne ! »
Et les voilà partis. Le voyage fut court.
« Ma sœur, entendez-vous ?—Quoi, mon frère ?—Un bruit sourd,
» Qui paraît s'avancer du fond de ce bocage. —

» Oui, vraiment!—Sauvons-nous!—Frère, sur cette plage,
» Je voudrais bien savoir...—Quoi donc, sœur?—Quelle main
    » A changé, depuis ce matin,
» De ces mille cailloux l'ordinaire assemblage. —
» Vous croyez? — J'en suis sûre.—Alors fuyons par là! —
    « Chut! n'avancez pas!— Qu'est cela ?—
» Je crois voir... —Achevez! —Un œil qui nous regarde! —
» Un œil! Sauve qui peut! et que le ciel vous garde! «
Ayant ainsi parlé, loin, bien loin de ces lieux
    Chacun détale à qui mieux mieux.

Deux lâches réunis n'ont pas plus de vaillance :
    Au poltron joignez le trembleur,
    Et de cette triste alliance
    Vous n'obtiendrez que double peur.

FABLE XI.

La Carafe et le Verre.

La Carafe allait versant,
Le Verre allait s'emplissant,
Si bien que l'onde enfin s'écoula sur la terre.
« Au diable le nigaud! Peste soit du butor!
(S'écria la Carafe apostrophant le Verre :)
» J'épanche dans son sein mon liquide trésor,
» Et le rustre sur là poussière
» Laisse perdre un cristal qui me rendait si fière! »

Témoin de son courroux, certain sage lui dit:
« La faute en est à vous, ma chère :
» Amitié, faveur et crédit
» Trop prodigués n'ont plus qu'une valeur légère.
» Mesure en tout est nécessaire. »

FABLE XII.

L'enterrement d'un Rat de qualité.

Un Rat qui fut vingt ans l'élu de la victoire,
  Et dont le nom brillant de gloire
  Eut pour écho tout l'univers;
Un Rat qui réduisait les matous en servage,
Rat de profond génie et de bouillant courage,
Trahi par les destins mourut dans les revers.

Tous ceux qui l'adoraient au temps de sa puissance,
Tous ceux qu'on avait vus mendier sa faveur,
Tous ceux dont il faisait la force et le bonheur,
  L'abandonnèrent sans défense
Quand son front se courba sous la main du malheur.

Captive des vaincus, sa triste sépulture
Gisait loin du vallon qu'il avait tant aimé.
Il semblait oublié de toute la nature :
A peine quelques Rats, innocens de parjure,
Gardaient son souvenir dans leurs cœurs renfermé.

Un caprice du sort enfin dans sa famille
Ramène triomphans ses illustres débris :
On verse alors des pleurs, on jette alors des cris,
 Autour de sa cendre on fourmille,
On redit ses bienfaits, on redit ses travaux,
On les célèbre en vers, on les célèbre en prose,
 Vingt panégyriques nouveaux
Du héros chaque jour dressent l'apothéose ;
Et remarquons un fait dont je tairai la cause,
Pour louer le défunt les ingrats d'autrefois
Dans ce noble concert haussent le plus la voix !....

 A l'aspect de ces funérailles,
Un Chat que bien souvent on vit dans les batailles
Du guerrier valeureux affronter le courroux,
Disait en contemplant ce sublime tapage :
« Pensent-ils aujourd'hui par un tardif hommage
» Dérober cette proie au sépulcre jaloux ?
» Ils auraient fait bien mieux, imitant sa vaillance,
» Quand sur lui se ruait notre Sainte-Alliance,
 » De le défendre de nos coups ! »

Mais ne serez-vous pas, Messieurs, tentés de croire
 Qu'au lieu d'un conte mensonger,
Je viens d'écrire ici, sous un titre léger,
 Une page de notre histoire ?

LIVRE TROISIÈME.

LIVRE TROISIÈME.

FABLE Iʳᵉ.

L'Huître et l'Hirondelle.

Une Hirondelle, amante des voyages,
Fit rencontre d'une Huître, et lui tint ce discours :
« Quel ennui doit peser sur chacun de tes jours !
» Ta vie est enchaînée à ces tristes rivages !
» Compagne des zéphyrs, moi je passe les mers :
 » Dans ma course cosmopolite,
» De tous les continens je franchis la limite !
 » J'ai pour domaine l'univers ! —
» Mais, lui demanda l'Huître, à t'agiter sans cesse
» Quel profit trouves-tu ? — Je m'instruis en tous lieux !—
» Fort bien ! Moi sur ce roc, qui te semble ennuyeux,
 « Je n'apprends rien, mais je m'engraisse. «

5

Tout fraîchement débarqué dans Paris,
Certain touriste, après trente ans d'absence,
Court embrasser un sien ami d'enfance,
Brave négociant fidèle à son logis :
 « Quoi ! lui dit-il, encor dans ta boutique !
» Quelle diable de vie ! et comment donc peux-tu
» Constamment rester là, toujours là !... Moi, vois-tu,
  » J'ai visité l'une et l'autre Amérique,
  » L'Europe entière, et l'Asie et l'Afrique,
» Toute l'Océanie ! Arrivé ce matin,
» Je viens te saluer, et je repars demain ! —
» Bravo ! Mais, dis-moi donc, ce long pélerinage
» T'a-t-il fort enrichi ? — Je ne possède rien :
» Quelque peu de savoir compose tout mon bien. —
  » C'est un mince et léger bagage !
» Pour moi, de père en fils j'habite ce quartier,
  » Et toujours à la même place
» Je vends, matin et soir, le poivre et la mélasse.
» Ils ne m'ont rien appris, mais ils m'ont fait rentier.
  » Mon cher, c'est un joli métier ! »

  Serai-je Huître, ou bien Hirondelle ?
Riche ou savant ?... L'un et l'autre à la fois :
  La science est chose fort belle ;
Mais la richesse est aimable, je crois,
Et je ne voudrais pas me brouiller avec elle.

FABLE II.

L'Arc et la Flèche.

« Mes coups atteignent dans les cieux
» L'oiseau ministre du tonnerre;
» Et dans les champs de Mars mon vol audacieux
» Renverse le héros arbitre de la guerre :
    » Mais par fois aussi, des amans
    » Messagère prompte et fidèle,
    » J'aime à leur porter sur mon aile
    » Doux aveux et tendres sermens.
» Aux heures du plaisir, aux jours de la vaillance,
» Ainsi l'homme partout reconnaît ma puissance. »

La Flèche en ces mots se vantait;
L'Arc en souriant l'écoutait.
« Nul plus que moi, dit-il, n'applaudit à ta gloire :
» Cependant conviens entre nous
» Que si l'aigle superbe expire sous tes coups,
» S'ils frappent le guerrier au sein de la victoire,
« C'est que l'Arc imprimant la force à ton essor,
» Même en ton vol lointain sait te guider encor. »

De par le monde il est maint personnage,
Qui, fier du rang où le sort l'a placé,
De son pouvoir aime à faire étalage,
Et ne dit rien de l'arc qui l'a poussé.

FABLE III.

Les Béquilles.

Naguère en un canton de Basse-Normandie
Un vieux garçon usait péniblement ses jours :
Pour mieux le tourmenter, l'âge et la maladie
            A l'envi se prêtaient secours.
Par fois, béquille en main, il traînait sa souffrance,
Par fois même au logis elle enchaînait ses pas,
            Faisant de sa triste existence
            Un long et douloureux trépas.

Notre homme cependant s'éprit du mariage.
            Vous allez dire, Il était fou !
            Moi je réponds, Il était sage :
            Épouse aimable est un bijou,
            Et c'est un trésor qu'un ménage.
L'amoureux moribond s'en vint donc à Paris,
Des enfans d'Esculape implorer la science.

Ce fut bien fait à lui : grâce à leur sapience,
Un matin il prit rang parmi les favoris
De Cypris.
Soudain, courant de fête en fête,
A travers les jeux et les ris,
Le voilà qui se met en quête
Pour trouver une jeune et sémillante Iris,
Au teint de rose, au teint de lis.
A Paris c'est chose facile :
Dans cette opulente cité
La déesse de la beauté
Dès long-temps élut domicile.
Le mouchoir fut bientôt jeté.

Avec sa compagne chérie,
Gaîment le long du boulevard
Notre époux promenait sa santé refleurie,
Quand sur sa route le hasard
Fit rencontrer à point un ami de jeunesse,
Un de ces bons amis qui nous aiment toujours,
S'affligeant de notre tristesse,
S'égayant de notre allégresse,
Et quelquefois aussi, par excès de tendresse,
Prenant leur part dans nos amours....
« O surprise charmante ! ô moment plein d'ivresse!
» (S'écria cet ami.) C'est vous que je revois!
» Votre belle santé me met l'âme en liesse!

» Avec cet air gaillard, avec cet œil grivois,
　　　　» Vous semblez le roi des bons drilles !
　　　　　» Il me souvient, à ce propos,
» Qu'en partant du pays vous étiez moins dispos :
» Vous marchiez en tremblant, courbé sur des béquilles.—
» Des béquilles ! (dit l'autre.) Ah ! vous faites erreur.
　　　　» Je fus, mon cher, toujours ingambe :
» J'avais, en vous quittant, bon pied et bonne jambe.
» Des béquilles ! Jamais, ma parole d'honneur ! »

Quand le destin sur nous épuise ses malices,
Du pauvre bien souvent nous invoquons l'appui :
　　　　Mais dès qu'un jour meilleur a lui,
Par un ingrat mépris nous payons ses services.

FABLE IV.

Les Furies.

« Chez les humains on ne nous craint plus guères
(Dit un jour à ses sœurs Tisiphone en courroux) :
» Nos verges, nos poignards, nos torches, nos vipères,
» Ne sont plus à leurs yeux que fables mensongères,
» Fantastiques récits, contes de loups-garous.
    » Faut-il, hélas ! nous exiler du monde ?
      » Faut-il cesser de le punir ?
» Non, non ! sur cette terre où gaîment l'on nous fronde
» Si nous avons vieilli sachons nous rajeunir,
» Et que notre colère en supplices féconde
» Épouvante à jamais les siècles à venir ! »

A ce langage impitoyable
L'une et l'autre Furie applaudit en hurlant,
L'Enfer entier répond à leur voix redoutable,
Et les mille serpens de leur tête effroyable,
Gonflés de noirs poisons, se dressent en sifflant.
« Mes sœurs, reprend Mégère, il me vient en pensée
» Un moyen que je crois fort bon, et dont l'emploi
   » Peut faire encor sous notre loi
   » Fléchir cette foule insensée
» A qui notre pouvoir ne cause plus d'effroi.
   » Sous les noms de peste, de guerre,
» De désastres affreux, de tragiques malheurs,
   » Et de remords et de douleurs,
   » Nous avons paru sur la terre
   » Parmi les cris, parmi les pleurs.
» Revêtons désormais une forme nouvelle ;
   » Cachons sous des traits séduisans
   » Une vengeance plus cruelle
   » Et des fléaux plus malfaisans.
   » De l'éloquence politique
» Je veux prendre la voix, emprunter les discours ;
   » Auprès du peuple, auprès des cours
» Tisiphone fera de la libre critique ;
» Tandis que s'entourant des douces fictions
  » Qu'en son palais l'opulence recéle,
   » Dès ce jour Alecton s'appelle
   » Société par actions. »

Chacune avec transport accepta ce partage :
Et depuis lors on voit à nos dissensions,
A ce dénigrement, à cet agiotage,
Tourment de notre vie, opprobre de notre âge,
Qu'elles sont ici-bas toujours en fonctions.

FABLE V.

La Poupée.

Sur le divan d'un élégant boudoir
Était assise une grande Poupée,
Dans ses atours coquettement drapée,
Telle enfin qu'on eût cru qu'elle allait se mouvoir.

Gente fillette encore dans l'enfance,
Voyant son air empreint de dignité,
Et la jugeant dame de qualité,
Faisait en l'approchant profonde révérence.

Elle eut bientôt reconnu son erreur,
Les assistans s'étant tous pris à rire ;
Puis d'une voix où le dédain respire,
« Ce n'est qu'un mannequin ! » dit-elle avec humeur.

« Le monde ainsi dans le siècle où nous sommes
» (Reprit sa mère), a d'éclatans attraits ;
» Mais pour garder un peu d'estime aux hommes,
» Ne va pas, mon enfant, l'examiner de près. »

FABLE VI.

L'Aigle et le Lièvre.

L'Aigle aperçut naguère, en parcourant l'espace,
Un Lièvre retenu captif dans un tonneau :
    « De ce Diogène nouveau
    » Je veux consoler la disgrâce, »
    Pensa le magnanime oiseau.
Aussitôt il s'abat sur l'étroite demeure
    Où, grâce aux soins du jardinier,
    L'épicurien prisonnier,
Festinant tout le jour, savourait à toute heure
    Quelque légume printanier.
    « Rouvre ton cœur à l'espérance ! »
Dit l'habitant des airs, en remarquant l'effroi
    Qu'au Lièvre inspirait sa présence :
« Les Dieux ont en pitié regardé ta souffrance,
    » Et je suis envoyé vers toi
    » Pour opérer ta délivrance. »

Séduit par ce discours, le reclus tout joyeux
A l'Aigle sans façon livre ses deux oreilles,
Et des plus fiers Titans émule audacieux,
Il va loin de la terre escalader les cieux.
De son ascension admirant les merveilles,
Il ressentait là-haut contentement parfait,
Délice sans égal, voluptés sans pareilles :
Le sot quand il s'élève est toujours satisfait !

Au milieu d'une vaste et calme solitude,
Asile où ne pénètre aucun regard humain,
Le couple voyageur descend le lendemain.
« Dans ces lieux affranchis de toute servitude, »
Dit à son protégé l'oiseau libérateur,
« Jouis de la nature, adore son auteur,
» Et fais-toi d'être heureux une douce habitude. »
    Après bien des remercîmens,
    Bien des tendres embrassemens,
Le Lièvre resté seul visite son domaine.
    C'était une sauvage plaine,
    Qu'un sable aride blanchissait :
    Point de thym, point de marjolaine ;
    Point de zéphyre à tiède haleine :
    L'aquilon seul y mugissait.
    Dans cette immensité stérile
Notre ermite affamé cherche quelque aliment
Qui de son estomac apaise le tourment :

Espoir trompeur! soin inutile!
Il lui fallut jeûner tant et si bien qu'enfin ,
Regrettant du passé l'existence facile ,
L'infortuné mourut de faim.

« Ce peuple est dans les fers, je veux qu'on le délivre! »
Ainsi parle , mon cher, ta générosité :
Fort bien , mais songe qu'il faut vivre
Pour jouir de la liberté.

FABLE VII.

Une Définition.

Il n'est point d'Ane en Amérique,
Ce qui ne veut pas dire : il n'est point d'ignorans,
Point d'orateurs braillards, d'esprits récalcitrans,
Dans les lieux situés derrière l'Atlantique.
J'entends que ce pays est privé de bourrique,
Ou, pour parler plus juste, il en voit rarement.

« De grâce, apprenez-moi comment
» La main de la sage nature
» Dessina du Baudet la robe et la structure, »
Demandait l'autre jour un jeune Américain
Au pédant chargé de l'instruire.
« Enfant, je vais vous le décrire, »
Reprit le personnage à l'air capable et vain.

« C'est un animal gris, que coiffent deux oreilles
» De dimensions sans pareilles :
» Enrichi d'une queue à son extrémité,
» Il court sur quatre pieds avec agilité,
» Et se montre friand d'herbage et de carotte.—
» Bon , je comprends , dit le bambin :
» C'est le même animal qui se nomme Lapin
» Quand on le met en gibelotte. »

Je pardonne à l'enfant cette confusion :
Au pédagogue seul un reproche est à faire.
Mais il me répondra qu'en maint vocabulaire
Plus d'une définition
Se rencontre souvent moins exacte et moins claire.....
Je vous laisse le soin de la conclusion.

FABLE VIII.

La Chandelle et le Chandelier.

Un soir que, malgré moi, rebelle à la paresse,
J'achevais d'un pensum le labeur familier,
Et laissais, non sans peine, un éclair de sagesse
    Sillonner mon front d'écolier,
La Chandelle se prit à dire au Chandelier :
  « Votre destin est peu digne d'envie :
    » Sans nul éclat, sans nul honneur,
» Sur ce bureau poudreux s'écoule votre vie;
» Et sans gloire la vie est un jour sans bonheur !
    » Dans ma fugitive existence,
» Vous me voyez du moins, domptant l'obscurité,
» Et des plus sombres nuits défiant la puissance,
» Comme un autre soleil répandre la clarté.

» Croyez-moi, mon voisin, cessez d'être inutile :
» Votre appui, franchement, ne m'est d'aucun secours :
» Laissez votre air oisif et votre humeur servile,
» Ou je veux sans retard vous quitter pour toujours. —

» Me quitter, dites-vous ? Allons, vous voulez rire
» (Reprit le Chandelier) : non, vous n'y pensez pas ;
» Me quitter ! mais sans moi pourriez-vous faire un pas ?
» Pourtant, si votre orgueil croit pouvoir se suffire,
» Hé bien, séparons-nous, et qu'il soit satisfait. »
      Ce qui fut dit, soudain fut fait :
    Soudain aussi la Chandelle si fière
Aux pieds du Chandelier tomba dans la poussière.

Pareil sort vous attend, superbes écrivains
Qui, fondant sur autrui votre gloire facile,
Imposez vos dédains à son talent docile,
Quand d'un laurier menteur vous vous montrez si vains.

FABLE IX.

Le Lièvre qui fait l'exercice.

Jacquot Bertin, Lièvre de Picardie,
Souvent le soir en promenade allait;
Martin Grosclaude, enfant de Normandie,
Le soir souvent tendait piége et filet :
Bertin avait son gîte à la frontière,
Martin près d'elle avait mis sa chaumière,
D'où vint qu'un soir le promeneur Bertin
Attrapé fut au piége de Martin.
Or, celui-ci, désireux de richesse,
Pour l'acquérir songe à bien employer
Ce compagnon que lui vient d'envoyer
Le ciel enfin touché de sa détresse.

A l'exercice aussitôt il le dresse ;
Et tant faisait mons Jacquot de progrès,
Qu'au bout d'un mois son savoir militaire,
Son air mutin, son coup-d'œil téméraire,
De ville en ville obtenaient des succès
Qu'eût enviés maint grenadier français.

Dans son village un jour qu'il était fête,
Grosclaude y vint et son élève aussi :
Point n'est, je crois, besoin de dire ici
Que tous les deux firent ample recette,
L'un de gros sous, l'autre de complimens,
Et de bravos et d'applaudissemens,
Tels qu'ils semblaient le bruit de la tempête
Dont le courroux trouble les élémens.

Quelques Levrauts, du haut d'une colline
En éclaireurs observant le pays,
Furent soudain grandement ébahis
Quand leurs regards dans la plaine voisine
Virent Jacquot plein d'intrépidité,
Giberne au dos et flamberge au côté,
Comme un pandour tirer sa carabine.
Sans nul retard aux Lièvres du canton,
Pâle d'effroi chacun d'eux s'en va dire :
« J'ai vu Jacquot tirer du mousqueton ! »
A ce propos d'abord on voulut rire,

Mais quand le fait fut reconnu certain,
Tout d'une voix on proclama Bertin
Vil braconnier, sicaire impitoyable,
Conscrit d'enfer, arquebusier du diable,
Et comme tel, en ce public émoi,
Par la gent Lièvre il fut mis hors la loi.

Jacquot pourtant, d'humeur très-peu guerrière,
Disait tout bas, en revoyant les champs
Où dans la paix coulaient ses jeunes ans:
« *Aux cœurs bien nés que la patrie est chère !* »
Dès le soir même il avait déserté :
Et quand l'aurore au dieu de la lumière
Rouvrit des cieux l'éclatante barrière,
Elle aperçut Bertin dont la gaîté
Parmi les fleurs jouait en liberté.
Le fugitif savourait par avance
De ses amis les baisers pleins d'amour :
Mais souvent l'heure où brille l'espérance
La voit, hélas ! s'éteindre sans retour.
Jacquot l'apprit en cette circonstance,
Car chaque Lièvre, esquivant sa présence,
Subitement loin de lui détala,
En s'écriant : « Au secours ! Le voilà ! »

Notre Picard long-temps ne put comprendre
A son aspect pourquoi l'on s'enfuyait.

Le délaisser, lui si franc et si tendre!
Il en pleurait. Quelqu'un lui fit entendre
Que sa vaillance à bon droit effrayait.
Vite Jacquot de courir de plus belle,
Par monts, par vaux, après chaque rebelle,
En répétant pour le tranquilliser :
« Nos goûts encor peuvent sympathiser :
» Bien qu'on m'ait vu paré d'un cimeterre,
» Bien qu'on m'ait fait tirer ma poudre au vent,
» Bien qu'on m'ait pris pour un foudre de guerre,
» Je suis Jacquot, poltron comme devant. »

Il disait vrai. Tel qui porte moustache,
Sabre traînant, casque à flottant panache,
Et fait grand bruit parmi sa garnison,
Demain peut-être, émérite bravache,
S'en reviendra trembler à la maison.

FABLE X.

L'Aigle et le Serpent.

Bravant la fureur des orages,
Un jour le monarque des airs
Se jouait au sein des nuages,
Se plongeait au feu des éclairs.
Mais à l'effort des vents cède enfin la tempête;
Elle s'enfuit en mugissant,
Et du soleil le char resplendissant
Roule en paix dans l'éther devenu sa conquête.
Soudain l'Aigle déploie un plus sublime essor :
Vers l'astre radieux il monte, il monte encor,
Et l'on voit rejaillir de ses puissantes ailes
De longues gerbes d'étincelles ,
Qui parsèment l'azur d'une poussière d'or.

Témoin de sa splendeur, au fond d'un marécage,
Un Serpent à grand bruit s'agitait, se dressait,
Et de ses sifflemens, inspirés par la rage,
        La rive au loin retentissait.
        « Qui donc éveille ta colère ?
» (Lui demande quelqu'un.) Pourquoi tant de courroux ?
    » Quel ennemi, de ton bonheur jaloux,
        » Ose te déclarer la guerre ?—
» Vers ce point flamboyant tourne un instant les yeux
» (Réplique le Serpent) : vois cet Aigle odieux
» Qu'un vol superbe élève au séjour du tonnerre... —
    » Hé bien ?—Hé bien ! je rampe sur la terre,
        » Tandis qu'il plane dans les cieux ! »

Chez les humains il est plus d'un reptile,
De mon Serpent farouche imitateur.
A ses poisons fermons bien notre cœur :
La sombre envie en chagrins est fertile,
La bienveillance est pleine de douceur.

FABLE XI.

L'Escalier du Diable.

Il est un escalier façonné par le Diable,
D'un aspect séduisant, d'une pente agréable,
Tout resplendissant d'or, tout parfumé de fleurs,

Mais quand le pied de l'homme en touche la spirale,
Un magique pouvoir, une force fatale,
De degrés en degrés et d'erreurs en erreurs,

L'entraîne haletant jusqu'au fond d'un abîme,
Où de monstres cruels gémissante victime,
Il les voit à l'envi s'enivrer de ses pleurs.

Le vice à nos regards s'offre ainsi plein de charmes,
Mais à travers la joie il nous conduit aux larmes,
Parmi les voluptés il nous mène aux douleurs.

FABLE XII.

Les Dogues et le Lapin.

Deux Dogues enchaînés dans une basse-cour
Avaient pour vis-à-vis un Lapin dans sa cage :
Le tranquille animal vivait là comme un sage ,
Dormant toute la nuit et mangeant tout le jour.
Les Mâtins critiquaient cette calme existence :
    « Je voudrais bien, disait l'un d'eux,
» Savoir à quoi nous sert ce petit paresseux.
» Ignorant les soucis, ignorant l'abstinence,
    » Dans la paix et dans l'abondance,
» Sans rien faire il jouit d'un sort toujours heureux,
» Cependant que pour nous les destins rigoureux
    » Ne sont armés que d'inclémence. »

Jeannôt Lapin les entendit,
Et doucement leur répondit :
« Mes chers voisins, sur cette terre,
» Qui ne fait pas de mal fait déjà quelque bien :
» Ennemi de l'émeute, ennemi de la guerre,
» Toutes mes actions sont d'un bon citoyen ,
   » Et nul ne me reproche rien.
» Faut-il donc s'étonner que le ciel secourable
» Accorde à l'innocence un regard favorable ? »

En raisonnant ainsi mon Lapin se trompait,
   L'événement lui fut contraire :
Avant la fin du jour le maître s'occupait
D'assaisonner gaîment son sujet débonnaire ,
.Et de ses reliefs chaque Mâtin soupait.

Qu'on envie au rentier son oisive opulence,
Moi, je suis peu jaloux de ce brillant métier :
Jean Lapin fricassé me rappelle qu'en France
Quand le Trésor a faim il mange le rentier.

LIVRE QUATRIÈME.

LIVRE QUATRIÈME.

FABLE Iʳᵉ.

L'Antiquaire et les Médailles.

Je ne suis pas de ceux qui raillent l'antiquaire
Sur son ardent amour des choses d'autrefois :
    L'esprit avec raison, je crois,
    Dans cette étude peut se plaire.
Le passé bien souvent explique l'avenir :
C'est un miroir magique où notre intelligence
    Voit sous les traits du souvenir
    Et les craintes et l'espérance
Que gardent à nos fils les siècles à venir.
Puis encor le savoir est toujours estimable :
Heureux qui le possède et qui peut en jouir!
Mais quittons ce propos, arrivons à ma fable.

Un amateur d'antiquités,

Cherchant précieuses trouvailles,

Vit chez un marchand deux médailles

De pareille effigie et d'égales beautés.

« Quel prix en voulez-vous ? répondez sans surfaire. »

Demande au brocanteur

Notre acheteur.

« Monsieur, dit le marchand, ma parole est sincère.

» Vu ce que j'ai payé, je les vends même taux.

» Leur valeur cependant diffère :

» Ce bronze est vrai, cet autre est faux. —

» Le faux, je n'en veux pas, repartit le classique.

» Mais, mon cher, êtes-vous certain

» Que ce soit là le bronze antique ?

» Regardez ce cordon, examinez ce grain.

» Qu'en pensez-vous ?—Ma foi, Monsieur, ce que j'en pense,

» Je viens de vous le dire en toute conscience.

» Maintenant, choisissez ; ces bronzes, les voilà ;

» Et suivant les conseils de votre expérience,

» Préférez celui-ci, préférez celui-là. »

Notre Antiquaire était novice.

Ce marchand, songea-t-il, est peut-être un coquin,

Qui sous un air loyal déguise l'artifice ?

Hé bien ! ruse pour ruse, et jouons au plus fin !...

« Mon ami, reprit-il, riez de mon caprice :

» Vous en avez le droit, j'en conviens ; mais enfin,

» Puisque ici dans le doute il faut que je choisisse,
» De ces deux médaillons, tout bien considéré,
        » C'est celui-ci que je prendrai. »
Et croyant mettre en œuvre un adroit stratagéme,
        Notre homme, s'abusant lui-même,
Du faux bronze à ces mots s'est gaîment emparé.

        Si la trop grande confiance
Cache plus d'un écueil qui doit être évité,
        La mère de la sûreté
        N'est pas toujours la défiance.

FABLE II.

Le Singe de Lovelace.

Lovelace comptait parmi ses commensaux
Un Singe Sapajou de la plus belle espèce,
    Plein d'enjoûment, plein de finesse,
    D'élégance, de gentillesse,
  Et passé maître en l'art des damoiseaux.
Nourri dans la Gascogne aux jours de son enfance,
Il gardait du pays l'agréable éloquence,
Mentait facilement en assez bon français,
Et se tenait toujours assuré du succès :
J'estime qu'il devait réussir en ce monde.

Or, Lovelace, un soir de carnaval,
Sous un masque discret papillonnait au bal,
Quand de son Sapajou la malice féconde
Le lui donna tout-à-coup pour rival.
Dans le boudoir du favori des belles
L'espiègle se revêt d'un habit somptueux,
Où, sur la moire, en disques radieux
L'or attaché répand mille étincelles
Dont les éclairs éblouissent les yeux ;
Sur son front il étage une ample chevelure,
Couvre ses traits d'un faux visage humain,
Et, pour compléter sa parure,
Un feutre à long panache ondule dans sa main.
Bref, sa toilette était à l'abri du reproche.
Sa queue assez long-temps le tint embarrassé :
Mais après avoir bien pensé,
Le rusé la logea sans façon dans sa poche.
Il est, Messieurs, en ce temps-ci,
Plus d'un chef de parti, réputé fort habile,
Qu'une queue embarrasse aussi,
Et qui voudrait pouvoir l'escamoter ainsi :
Mais c'est pour lui chose un peu moins facile.....

Notre singe en tout sens s'étant considéré,
Miré,
Au bal hardiment se présente,
Prend un noble maintien, une voix séduisante,

De la foule joyeuse est soudain admiré,
Puis de Jenny la blonde en secret adoré :
    Jenny, douce et crédule femme,
Dont l'adroit Lovelace avait disposé l'âme
    A ressentir d'Amour le feu sacré.

    Ne soupçonnant nul artifice ,
    Sous ce riche déguisement
    L'amante au cœur simple et novice
    Croit deviner son jeune amant.
Le Singe à ses côtés en cet instant se glisse :
« Chère Jenny, dit-il, de mes brûlans désirs
» Puis-je espérer qu'enfin vous partagiez l'ivresse ,
» Et que bientôt l'hymen, guidé par la tendresse,
» Fasse luire pour nous le flambeau des plaisirs ?
» Ma Jenny, répondez ! faut-il que je vous aime ? —
» Oh ! oui ! j'éprouvais là beaucoup d'enchantement
» D'entendre vous parler à moi si gentiment. —
» O bonheur sans égal ! Félicité suprême ! »
Le grand geste qu'il fit au mot félicité
Remit du Sapajou la queue en liberté :
Il ne put la soustraire aux regards de la belle.
« Que vois-je ? Dieu puissant ! Que vois-je ? cria-t-elle ;
» Un Singe ! Un Singe, ô ciel ! il osait aimer moi ! »
A travers les éclats d'une gaîté cruelle,
    De bouche en bouche a couru la nouvelle,
      Et les comment et les pourquoi :

Chacun raille en passant la triste jouvencelle,
On rit de son amour, on rit de son émoi.

Tous ces adorateurs dont la voix vous caresse,
Et qui de vous chérir sans cesse,
Mesdames, à vos pieds récitent le serment
Charmant,
Bien souvent que sont-ils?... Singes de sentiment!
Et même pas toujours de la plus belle espèce.

FABLE·III.

La Brosse et l'Habit.

LA BROSSE.

Oui, grâce à mes efforts, vous voilà magnifique,
Et le monde élégant va prôner vos attraits:
Mais pourquoi, je vous prie, alors que je m'applique
A prolonger le cours de vos brillans succès,
Dans un remercîment ne daignez-vous jamais
M'apporter un écho de la faveur publique?

L'HABIT.

De ta présomption j'admire, en vérité,
    L'impertinence et la folie :
Pour un peu de duvet par tes soins écarté,
    Il faudra que je m'humilie
Jusqu'à mettre en commun avec ta vanité
L'éloge par moi seul au grand jour mérité !
Poursuis ton exigence, et sans honte public
Que mon éclat n'est rien qu'un éclat emprunté,
    Et que sur ton habileté
    Ma renommée est établie !

Je ne le dirai pas, et c'est vrai cependant :
Sans moi l'on vous verrait, tout souillé de poussière,
Suivre au bruit des sifflets une obscure carrière,
Et subir les dédains du plus mince pédant.
Au reste, croyez-moi, profiter du service
      En méprisant le serviteur,
       C'est la marque d'un mauvais cœur,
C'est d'un méchant esprit l'irrécusable indice,

      A maint orateur de nos jours
Ainsi pourrait parler cet humble secrétaire
       Dont la critique salutaire
Sait des traits du génie embellir ses discours.

Bien que dans l'ensemble et dans les détails, pour le sujet et pour les personnages, cette fable ne ressemble en rien à celle que M. Kriloff a intitulée *L'Oracle*, je dois avouer cependant que l'idée de *La Brosse et l'Habit* m'a été suggérée par la composition du poète russe. Mon honorable confrère M. Mollevaut l'a très-habilement resserrée dans un quatrain, que je reproduis ici pour le plaisir du lecteur.

L'Idole.

Une Idole rendait des oracles fameux ;
Un jour elle devint d'une sottise extrême :
Le prêtre était changé, l'Idole était la même.
Changer de secrétaire est parfois dangereux.

FABLE IV.

Le Coq, le Lapin et le Chien de chasse.

Un vieux Lapin, j'ignore à quel propos,
Avec un jeune Coq s'était pris de querelle,
Et tous deux enflammés d'une haine cruelle
Devaient le lendemain se combattre en champ-clos.
Appelant de ses vœux l'instant de la vengeance,
Le Cochet déployait sa belliqueuse ardeur,
De son bec redoutable essayait la puissance,
Et de ses pieds nerveux exerçait la vigueur ;
     Tandis que des jeux de Bellone
     Le Lapin faiblement épris,
Aux timides conseils de son humeur poltronne
     Laissait incliner ses esprits.

En voyant s'approcher l'heure de la bataille,
Sur la rive d'un lac il errait soucieux,
      Quand tout-à-coup s'offre à ses yeux
      Une large et pesante écaille
Qu'une tortue avait délaissée en ces lieux.
« Par Hercule! dit-il, une telle trouvaille
    » Est un bienfait dont je rends grâce aux Dieux!
    » De l'ennemi je puis braver la rage,
    » Et crois sentir que sous ce bouclier
    » Mon cœur enfin connaîtra le courage.
    » En avant donc! Je prétends châtier
    » L'audacieux qui m'a jeté l'outrage,
    » Et dont l'orgueil ose me défier! »

A peine il achevait ce discours formidable,
      Que déjà l'Achille nouveau
      Sous son armure invulnérable
Abordait rudement le martial oiseau :
Mais l'Hector emplumé, fort surpris à sa vue,
Et plus surpris encor de son accoutrement,
D'abord repoussa mal cette attaque imprévue,
Puis tout meurtri du choc s'enfuit honteusement.

« Oh! oh! fit le Lapin, j'ai bien plus de vaillance
    » Que ma mère ne le pensait!
    » Toujours je fus, dans sa croyance,
» Peureux par caractère et poltron de naissance.

» Si parfois Médor menaçait

» Ma jeune et riante existence,

» A craindre son courroux ma mère me forçait :

» Mais si Médor aujourd'hui m'offensait,

» Il paîrait cher son imprudence ! »

Médor près du héros en ce moment passait,

Et mit d'un coup de dents fin à son éloquence.

Souvent un guerrier généreux

Sous l'effort de la ruse a vu pâlir sa gloire.

S'enorgueillir de la victoire

Est souvent pour le lâche un plaisir dangereux.

FABLE V.

Les deux Volumes.

Un Oison se formait une bibliothèque.
A quoi bon ? Je l'ignore. Enfin c'était son goût.
Bien des gens ont chez eux Aristote et Sénèque,
    Et n'y comprennent rien du tout.
    Sur les quais de la capitale
(D'Oisonville j'entends, ne faisons pas erreur),
Sans cesse on le voyait fouiller avec bonheur
Les monceaux de bouquins que maint libraire étale.
Deux volumes ensemble un jour frappent ses yeux :
L'un de vieux parchemin portait blanche tunique,
Chamarrée amplement d'une crasse classique ;
L'autre de moire et d'or se montrait radieux.
Le marchand exigeait même prix pour tous deux :

Mais le vieux parchemin cachait un Lafontaine,
Et la moire aux fleurs d'or ne recouvrait que moi.
Notre Oison se sentait en peine,
N'ayant juste d'argent chez soi
Que pour payer ou l'une ou l'autre emplette.
Le choix vous eût paru facile assurément :
L'insensé par l'éclat fut séduit sottement,
Il laisse le Bonhomme, et c'est moi qu'il achète !
Même, pour faire encor bêtise plus complète,
Des Oisons sur son tact il reçut compliment!

Ne nous moquons pas trop de sa mésaventure ;
Nous sommes bien souvent tout aussi fous que lui :
Juger l'homme à la couverture
N'est-il pas de mode aujourd'hui ?

FABLE VI.

Le Baudet, la Lanterne et la Bougie.

Certain petit-fils de Grégoire,
   En lesse tenant un Baudet,
L'autre soir trop gaîment revenait de la foire,
Et d'un pied aviné mal ou bien il guidait
Son Ane, au cou duquel sa Lanterne pendait.
L'œil encore ébloui des flammes de l'orgie,
   Notre jovial campagnard,
Prenant l'épaisse nuit pour un léger brouillard,
En partant n'avait point allumé sa Bougie.
Or, le long du chemin l'Ane disait tout bas :
   « Mon maître croit qu'il me dirige !
   » Pauvre insensé, qui ne voit pas
   » Que dans son bachique vertige
   » C'est moi seul qui conduis ses pas ! —

» Personnage ignorant, répondait la Lanterne,
» Abjure ton erreur et ta fatuité !
    » C'est moi, soit dit sans vanité,
» Qui parmi les écueils prudémment le gouverne. —
» Allons donc! s'écriait la Bougie à son tour,
    » Ma chère, vous êtes peu sage!
» Montrant à ses regards les dangers du voyage,
    » Seule j'assure son retour. »

Pendant que le trio poursuivait ces disputes,
    Le patron, marchant au hasard,
Sur maints sentiers trompeurs faisait maintes culbutes,
Si bien qu'en son logis il arriva fort tard
    Et fort maltraité de ses chutes.

De son habileté nous vantant le secours,
Plus d'un lourd orateur dans les ombres du doute
Pense éclairer la France et lui marquer la route :
    Mais après ses brillans discours,
    Le plus clair c'est qu'on n'y voit goutte,
Et que l'esprit public, loin d'aller en avant,
S'égare à droite, à gauche, et trébuche souvent.

FABLE VII.

Les Faucons du châtelain Norbert.

Le châtelain Norbert était un grand chasseur,
Possédant de Faucons une troupe nombreuse.
A ses yeux, père, mère, épouse, frère, sœur
Semblaient à peu près rien, et l'histoire amoureuse
N'apprend pas que Norbert ait connu la douceur
Que trouvent les humains dans l'ivresse du cœur.
Ne se posant jamais en politique habile,
En savant capitaine, en sublime penseur,
Et partout et toujours, au village, à la ville,
Le châtelain Norbert était un grand chasseur.
A quelqu'un si parfois il voulait rendre hommage,
  Il ne disait pas : C'est un sage!
  Un écrivain plein de talent!
  Un orateur étincelant !
  Un guerrier bouillant de courage !
Non, mais c'est, disait-il, un chasseur excellent!
Et Norbert s'inclinait en tenant ce langage.

« Norbert, répondez-vous, sans doute était un sot. »
Silence! sa race en ce monde
Abonde,
Et l'urbanité veut que l'on taise le mot....
Mais vous pouvez penser la chose.
Au reste, en vous parlant de lui,
Ce n'est pas là, Messieurs, ce que je me propose
De vous raconter aujourd'hui.

Le châtelain Norbert revenait de la chasse,
Très-mécontent, je crois, car il n'avait rien pris,
Quand soudain son regard découvre dans l'espace
Un Ramier voyageur, familier de Cypris.
Les Faucons sont lancés sur l'animal timide,
Qui, pour échapper à la mort,
De son aile rapide
Redouble en vain l'effort :
Ses cruels ennemis s'attachent à leur proie,
Ils vont l'atteindre au haut des cieux,
Déjà rayonnent dans leurs yeux
Les éclairs d'une horrible joie.
L'oiseau de Cythérée, abandonné des Dieux,
S'arrête, et d'une voix plaintive,
« Pourquoi, dit-il, en vouloir à mes jours ?
» Doux symbole de paix, messager des amours,
» Je porte une tendre missive
» A mon maître captif en de lointains séjours :

» Par pitié pour ses maux, permettez que je vive ! —
» A notre maître aussi nous devons obéir
(Réplique un vieux Faucon, farouche et sans clémence) :
» Et puisqu'il veut ta mort, tais-toi! sache mourir ! —
 » Fort bien ! mais quelle récompense
 » Paîra votre fidélité ?
 » Aurez-vous plus de liberté ?
 » Aurez-vous meilleure pitance ?
» Eh ! mon Dieu, non ! Tenez, laissez-moi l'existence ,
» Et goûtons les plaisirs de la fraternité. »

 Ce conseil vous eût paru sage :
Il ne fut point suivi par l'escadron volant,
Et le pauvre Ramier, tout meurtri, tout sanglant,
 Vint expirer aux pieds d'un page.
Sous son aile on trouva l'écrit consolateur
Qu'une amante fidèle avait mouillé de larmes,
Lorsque du prisonnier apaisant les alarmes,
Elle-même traçait son trouble et sa douleur.
A notre châtelain on remit cette épître.
Elle était de sa femme! et, dans certain chapitre,
L'époux fort ébahi très-clairement dut voir
 Ce qu'un mari n'aime guère à savoir.
« Par Diane! fit-il, je comprends que l'absence
» Peut donner à l'hymen un fort vilain blason!
» En courant le gibier on court mainte autre chance....
» Je renonce à la chasse et reste à la maison. »

444

Cela dit, par un soin qu'il jugea salutaire ,
Il étrangla tous ses Faucons.
N'entra-t-il dans ce fait nul transport de colère ?
Je l'ignore; mais remarquons
Que tôt ou tard la Providence
Sait punir le méchant et venger l'innocence.

FABLE VIII.

La Clef et la Serrure.

« Oui, vous devez toujours subir ma volonté,
» Et céder à ma loi sans cris et sans murmures, »
Répétait une Clef pleine de vanité
        A la plus douce des Serrures.
« De tous vos mouvemens j'entends régler l'essor.
» Voyons : ouvrez, fermez, ouvrez, fermez encor !
» Il suffit. Maintenant reposez en silence,
» Jusqu'à l'heure prochaine où viendra ma puissance
» Vous tirer de loisir et guider vos nouveaux
        » Travaux. »

La Serrure obéit long-temps sans résistance :
Mais fatiguée enfin et perdant patience,
Quand la Clef rudement vint presser son ressort,
Elle opposa, sans bruit, un énergique effort,
Qui de notre orgueilleuse irritant la colère,
En deux morceaux bientôt la fit se partager.

    Pousser à bout un homme débonnaire,
C'est un jeu sans esprit, mais non pas sans danger.

FABLE IX.

Le Testament.

Un avare fort riche eut des parens nombreux
        Qui tous vivaient dans l'indigence,
        Tous aussi vivaient d'espérance,
        Répétant chaque jour entr'eux :
        « Encore un peu de patience,
» Et le bonhomme ira rejoindre ses aïeux. »
Le bonhomme en effet disparut de la terre,
        Non sans écrire un testament,
        De ses biens fidèle inventaire,
Et de sa volonté bizarre monument.

Trente héritiers devaient procéder au partage,
  Mais l'acte contenait ces mots :
    « J'ordonne que mon héritage
      » Se divise en vingt-neuf lots,
  » Offrant même valeur, offrant même avantage.
  » Vingt-neuf de mes parens en recevront chacun
        » Un :
      » Pour consoler le trentième,
      » Je lui lègue mon bâton,
      » Plus un simple ducaton,
  » Dont il achètera sans retard un Barême,
      » Car chez lui doit affluer l'or,
      » Et du ciel la bonté suprême
  » Sans cesse dans ses mains accroîtra son trésor. »

      Ce legs prêta beaucoup à rire.
  « Accepte qui voudra le merveilleux bâton,
        (Disait-on) :
  » Il m'enrichirait trop; moins saura me suffire.
  » Qu'on me donne ma part, je m'estime content. —
      » De par Dieu, je pense de même, »
  S'écriait un second. — « Et moi, j'en pense autant, »
      Ajoutait gaîment un troisième.
  Toute la parenté tenant pareil discours,
  Et désirant sur l'heure entrer en jouissance,
        L'assemblée au sort eut recours
  Pour mettre à bonne fin les lots en délivrance.

Voilà nos gens nantis, voilà nos gens joyeux.
Non pas tous cependant, car en cette aventure
Celui qui du bâton reçut l'investiture
Accusa des destins l'arrêt malicieux
Qui brisait de l'espoir le prisme sous ses yeux.
Quand il eut amplement exhalé sa colére,
Notre homme plus sensé se prit à réfléchir :
« Seul, dit-il, je vivrais en proie à la misère !
» Du froid et de la faim seul j'aurais à souffrir !
　　　» Non, non; la force et la jeunesse
» Sont des biens excellens, je les veux exploiter !
　　　　» Le travail joint à la sagesse
　　　　　» Sait des prodiges enfanter :
» Travaillons, et soudain la tristesse importune
　　　　　» Loin de moi va s'enfuir !
» Soyons sage, et bientôt sous mon toit la fortune
　　　　　» Riante va venir ! »

Cela dit, il se pousse, il se meut, il s'agite,
Ne se donne loisir ni le jour ni la nuit :
Un gain s'offre là-bas, il y court au plus vite,
Le couve du regard, sans relâche le suit,
　　　　Tant qu'il l'enserre en son réduit.
De ses travaux toujours il agrandit la sphère :
　　　　Ses magasins et ses commis
Emplissent de son nom l'un et l'autre hémisphère,
On voit dans tous les ports ses navires admis.

Tandis qu'il va des rois égaler l'opulence,
De ses cohéritiers la prodigue indolence,
Savourant à pleins bords la coupe du plaisir,
    De jouissance en jouissance
    Laissait leur or s'évanouir,
    Si bien que l'affreuse indigence
Revint avec la honte attrister et flétrir
    Les restes de leur existence.

La misère, en forçant l'homme à l'activité,
    Parfois le mène à la richesse :
La fortune souvent conduit à la paresse,
    La paresse à la pauvreté.

120

FABLE X.

L'Auteur et le Cuisinier.

Un auteur à son chef d'office
Naguère tenait ce discours :
« Quel démon t'inspira le coupable artifice
» Auquel ta perfidie a sans cesse recours
» Pour forcer mon palais d'accepter tous les jours
» Des mêmes alimens le fatigant supplice ?
  » De ton chevreuil perpétuel
» Combien de temps enfin veux-tu que la présence
  » Revienne par un jeu cruel
  » Lasser ma longue patience ?
» Pour le plaisir du goût, pour le plaisir de l'œil,
» J'en change, diras-tu, l'apprêt et l'ordonnance.
» Hé, morbleu ! comprends donc que, malgré l'apparence,
» Du chevreuil sous ma dent est toujours du chevreuil ! —

» Monsieur veut-il que je réponde ?
(Fit le valet sans se troubler.) —
» Oui, j'y consens : tu peux parler. —
» Eh bien! on m'a conté, de par le monde,
   » Que quand Monsieur de son cerveau
   » Tire quelque sujet nouveau,
   » Il sait en plus d'une manière
   » Le mettre et remettre en lumière :
   » D'abord ce n'est qu'un feuilleton,
» Qui d'un roman bientôt a l'ampleur et le titre ;
   » Puis, changeant de forme et de ton,
» D'un livre politique il devient un chapitre ;
   » Puis, se modifiant encor,
» Il va prendre à la scène un dramatique essor.
   » Il me paraît en conséquence.... —
» Il me paraît, à moi, que vous êtes un sot!
» (Répliqua l'écrivain.) Brisons là! Plus un mot;
» Retirez-vous! — Fort bien, Monsieur ; je me retire :
   » Mais franchement convenez, entre nous,
   » Que le public qui.... s'amuse.... à vous lire,
      » Pourrait tout bas penser de vous
   » Ce que tout haut vous venez de me dire. »

FABLE XI.

La Règle et l'Exception.

L'octogénaire Orgon prenait en mariage
Joyeuse bachelette au minois avenant.
« Parbleu! disait Alain (le censeur du village),
» Notre vieux camarade à mon sens est peu sage :
» Bientôt nous le verrons moins gai que maintenant,
» Car le bonhomme alors connaîtra, je le gage,
» Que Lise est un oiseau trop vif pour être en cage. »
Tandis qu'à ces pensers mons Alain donnait cours,
Il ignorait que Lise entendait son discours.
« De vos prévisions grand merci! lui dit-elle.
» Mais à tous mes devoirs je resterai fidèle :
» Mes sermens dans mon cœur seront gravés toujours :
» Et s'il est vrai, Monsieur, que l'ordinaire usage
» Puisse justifier votre fâcheux présage,
» Je vous prouverai, moi, que pour monsieur Orgon
» A côté de la règle est une exception. —
» Bah! murmurait Alain, au jour des fiançailles
» Ma femme ainsi parlait, peut-être encore mieux!
» Ça n'a point empêché qu'après les épousailles....
» Elle n'est plus, silence! et rendons grâce aux Dieux! »

Chez Orgon cependant tout allait à merveille :
Lise, le lendemain parlant comme la veille ;
Donnait à son époux mille soins doucereux.
Le bonhomme disait à qui voulait l'entendre :
« Si vous saviez, mon cher, comme ma Lise est tendre !
» Elle me rend heureux ! oh ! mais vraiment heureux !
» Et chaque jour, je crois, j'en suis plus amoureux ! »
La chose en était là, quand arrive en patache
Un sémillant cousin portant barbe et moustache :
A la cousine donc il convint, et soudain
      Auprès du pauvre octogénaire
Lise jadis si bonne oublia de se plaire.
Le vieillard le sentit, et lui prenant la main :
« Ma Lise, lui dit-il, tu sais combien je t'aime !
» Dans ton affection gît mon bonheur suprême !
» Aux autels, j'en suis sûr, tu n'as pas fait en vain
» Le serment solennel qui charme ma vieillesse ;
» Mais prends garde pourtant, ton cousin t'intéresse :
» Or, un cousin, vois-tu, c'est presque un séducteur
» A sa cousine, hélas ! donné par la nature.
» Avec soin contre lui défends ton petit cœur :
» La règle, mon enfant, veut que tu restes pure
» En pensée, en parole, ainsi qu'en action. —
    » Eh ! Monsieur, répondit l'espiègle,
    » Vous savez bien que toute règle
    » Souffre au moins une exception. »

FABLE XII.

Polichinelle.

Hier, dans la place publique,
Polichinelle avait élevé ses tréteaux,
Annonçant à grands cris un drame romantique,
Suivi de deux ballets nouveaux.
Bambins d'accourir au plus vite.
Plus d'un compère, adroitement
Pour assurer la réussite,
Entr'eux se glissait doucement :
On sait trop qu'en ce monde à morale sévère,
Rien aujourd'hui, Messieurs, ne se fait sans compère.

Parmi les assistans
Tous ne se montraient pas contens :
En France aisément l'on murmure!
Les uns placés trop loin, d'autres placés trop bas,
Ceux-ci voyant fort mal, ceux-là ne voyant pas,
Soumettaient cependant la pièce à leur censure;

Tandis qu'en manière d'écho,
Sur vingt tons différens, d'autres criaient bravo,
        Sans y comprendre davantage :
Mais de certaines gens tout louer est l'usage.

Dans les bras de sa mère un jeune enfant porté
Ouvrait tant qu'il pouvait les yeux et les oreilles,
        Et néanmoins à ces merveilles
Il opposait un front chargé de gravité.
« Ris donc! » lui répétait sa mère avec bonté.
« Eh! maman, répondait le bambin pour excuse,
        « Quand ces pantins me laissent voir
        « Tous les fils qui les font mouvoir,
        « Comment veux-tu que je m'amuse? »

Ainsi la politique a pour les grands enfans
        Bon nombre de polichinelles,
        Qui paraîtraient plus amusans
        Si l'on voyait moins les ficelles.

ÉPILOGUE.

Le Pinson et le Rossignol.

FABLE.

On m'a conté qu'un Pinson
Autrefois se mit en tête
De faire imprimer la chanson
Qu'aux simples villageois dans nos champs il répéte.
Puis à la foule des oiseaux
Tout joyeux il en fit hommage ;
Mais lorsque ramené par les zéphyrs nouveaux,
Le Rossignol vint sous l'ombrage
Déployer son brillant ramage,
En l'écoutant le pauvre auteur,
Le cœur gros de soupirs, disait avec tristesse :
« A cette harmonieuse altesse,
» A ce roi du peuple chanteur
» Je voudrais bien offrir mon humble villanelle ;

» Mais peut-être que Philomèle

» Repousserait avec hauteur

» Et son rustique admirateur,

» Et son présent peu digne d'elle. »

Mon Pinson à ces mots s'affligeait de plus belle.

Il oubliait que le savoir

Est frère de la bienveillance :

Le chantre du printemps en cette circonstance

Le lui fit bien apercevoir.

« J'apprends, mon cher et bon confrère,

(Dit-il au triste campagnard),

» Que vous avez d'une œuvre enrichi le libraire :

» Vos gais refrains ont su me plaire,

» Et chez vous j'accours sans retard

» En accepter un exemplaire. »

Je ne décrirai pas le bonheur du Pinson;

Mais dans cette aimable leçon

Pour moi se cache une espérance :

Quand ma poétique indigence

Du réduit paternel fuit l'asile ignoré,

Et va sans protecteur faire son tour de France,

La pauvrette du moins, j'en suis bien assuré,

Toujours près du talent trouvera l'indulgence.

TABLE.

LIVRE Ier.

LIVRE II.

LIVRE III.

LIVRE IV.

ERRATUM.

Page 10, vers 9. — *Au lieu de* encore, *lisez* encor.

Imprimerie de BRUNEAU, rue Croix-des-Petits-Champs, 33.